詩누이

詩
누
이

싱고
글·그림

창비

차례

이렇게 평범하게
등장하고 싶진 않았는데...

이 몸은
고양이야

내가 거두고 있는 집사
'싱고'를 소개하겠네

할짝

먹고 바로 눕는 걸
좋아하고

좋은 시를 읽으면
눈을 반짝인다네
내가 희귀종 참새 논문을 읽을 때처럼

뭐, 본인은 핀란드의 할머니처럼
우아하게 늙고 싶고

환갑이 넘어서도 스웩을 잃지 않는
힙한 할머니가 되고 싶다고도 하네만

YO!
언프리티
그랜마~

또 배를
내놓고 자네...

살아가는 형편은
늘 이 모양이라네...

치킨
음냐...

저와 함께 사는 거묘(巨猫)
이응옹을 소개합니다

츤데레 고양이 이응옹
(인간 나이 69세)

응 응 10

좌로 봐도 둥글, 우로 봐도 둥글어서
`이응`옹이라 부르지요

베네딕트
컴버배치 같은
이름은 없나?

할짝

취미는 요가와 큐티클 정리

까드득

이래 봬도
참새의 방언 연구로
학위를 받은 엘리트 고양이랍니다

지금은 은퇴해서
'싱고복지연금' 받고 살고 있어요

눈이
침침하다냥

평소엔 과묵해도 심기가 불편하면
폭풍 잔소리를 하는 게 흠이지만

닝겐이 하라는
마감도 안하고...

뽁

뽁

우리는 매일 붙어 자는
사이랍니다

이응옹
내 목소리 들려?

싱고
마음도 들린다네

마음에도 없는 말을
많이 하고

집에 도착한 날은

심장에 불이 꺼진 기분

타인의 기분을
억지로 맞추다보면

상대방이 원하는 말을
고르게 되고

팽팽하게 다잡았던
마음에

올이 풀려버려서

가장 중요한 게
빠져나가는 느낌

당이
차오른다

그럴 때는
달콤한 게 필요합니다

이제 괜찮다고
한결 가벼워졌다고
설탕을 입에 털어넣지만

입속에 남은 단맛을
혀로 느끼면서
가만, 물어보게 됩니다

나는 나와
잘 지내고 있는 건지
정말 괜찮은 건지

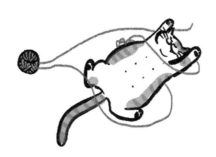

설탕

박소란

커피 두 스푼 설탕 세 스푼 당신은
다정한 사람입니까 오 어쩌면

테이블 아래
새하얀 설탕을 입에 문 개미들이 총총총
기쁨에 찬 얼굴로 지나갑니다 개미는
다정한 친구입니까 애인입니까

단것을 좋아하는 사람
달콤한 입술로 내가 가본 적 없는
먼 곳의 이야기를 들려주는 사람 당신을 위해
오늘도 나는 단것을 주문하고 마치 단것을 좋아하는 사람처럼
웃고 재잘대고 도무지 맛을 알 수 없는
불안이 통째로 쏟아진 커피를 마시며

단것에 대해 끊임없이 생각합니다
당신은 다정한 사람입니까 다정을 흉내 내는 말투로
한번쯤 묻고도 싶었는데

언제나처럼 입안 가득 설탕만을 털어넣습니다
그런 내게 손을 내미는 당신

당신은 다정한 사람입니까 오 제발 다정한
당신의 두 발, 무심코
어느 가녀린 생을 우지끈 스쳐가고

『심장에 가까운 말』(창비 2015)

미술 시간에 배운
스크래치 기법

스케치북에 여러 색을 칠하고
검은색을 덧칠한 뒤
뾰족한 것으로 긁어내면
모습을 드러내는

여러가지 빛깔의 신비

금색이나 은색
크레파스처럼

태어났더니
머리에 왕관이...

특별한 아우라를 뿜어내는
존재가 있는가 하면

귀요미...

어느 자리에서나 인기쟁이!
명랑한 에너지를 주는
노란색 같은 이도 있다

보색 대비처럼
세계관이 뚜렷하게 달라서
같이 어울리기 힘든 타입도 있고

아...

나랑 놀자

좀 얄미워 보여도
빈말은 하지 않는
선명한 원색을 가진 이도 있다

버건디 립스틱
어울려?

그걸 바른다고
레아 세이두가
되진 않아

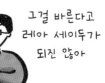

서로 죽이 잘 맞아서
유사색을 띄는 친구도 있고

이거 먹고
치맥 콜?

치맥 받고
아이스크림 콜!

너무 자주 써서
금방 뭉툭해져버린 흰색 크레파스를
떠오르게 하는 이도 있다

아이구
삭신이야

엄마는
점점 희미해질 것만 같은
무채색이다

막내딸
김치 받았냐?

마음이란 게
하나의 색으로만 이뤄진 것이
아니란 걸 알면서도
다른 색은 보려 하지 않는다

부시럭

한 사람의 마음속으로
얼마나
깊이 들어가야

우리는 그 사람만이 가진
고유색을 볼 수 있을까

내가 가진 색을
먼저 꺼내서 보여줬다가
상처받는 건 두려워

상대방과 거리를 재보고
보호색을 띠는 게 익숙해져버렸다

어릴 적에 품었던
환상의 빛들이 이렇게나 많은데

아직 꺼내지 못한 빛들이
조용히 빛나고 있는데

환상의 빛

강성은

옛날 영화를 보다가
옛날 음악을 듣다가
나는 옛날 사람이 되어버렸구나 생각했다

지금의 나보다 젊은 나이에 죽은 아버지를 떠올리고는
너무 멀리 와버렸구나 생각했다

명백한 것은 너무나 명백해서
비현실적으로 느껴진다

몇세기 전의 사람을 사랑하고
몇세기 전의 장면을 그리워하며
단 한번의 여름을 보냈다 보냈을 뿐인데

내게서 일어난 적 없는 일들이
조용히 우거지고 있는 것을
보지 못한다

눈 속에 빛이 가득해서
다른 것을 보지 못했다

『단지 조금 이상한』(문학과지성사 2013)

걸어가다가
넘어질 뻔하거나

훌렁

내려야 할 정류장을
그냥 지나쳐버릴 때

여기가
포켓스톱이냥?

싱고는 생각합니다
'금붕어의 시간'이 지나갔다고

참방

상상 속의 금붕어를 만날 때
당신은 이미 시인!

시인은 말줄임표 뒤에
가만, 돌을 놓는 사람

o

o

o

기도가
새가 될 수 있다고 믿는 사람

언어의 숲에
불시착한 탐험가

엄마, 쟤네
또 왔어

떠나가는 계절을
충분히 들여다보는 사람

장롱 속에 숨은 어린아이

화산섬에
혼자 사는 몽상가

거꾸로 솟아 돌아다니는
나무를 베는 벌목꾼

이케이아에
입사해야지

내비도 없이
뮤즈를 찾는 여행자

삼천포

원고 마감

혼저옵서예

음...
또 있어요

싱고! 싱고! 싱고! 싱고!

몇번을 불렀는데
안 들려?

라면 다 불었네
금붕어만 오면 저러네

쯧

이응용
잠깐만!

금붕어에게서 편지가 왔어
요것만 읽고 갈게

몽유 산책

안희연

두 발은 서랍에 넣어두고 멀고 먼 담장 위를 걷고 있어

손을 뻗으면 구름이 만져지고 운이 좋으면
날아가던 새의 목을 쥐어볼 수도 있지

귀퉁이가 찢긴 아침
죽은 척하던 아이들은 깨워도 일어나지 않고

이따금씩 커다란 나무를 생각해

가지 위에 앉아 있던 새들이 불이 되어 일제히 날아오르고
절벽 위에서 동전 같은 아이들이 쏟아져나올 때

불현듯 돌아보면
흩어지는 것이 있다
거의 사라진 사람이 있다

땅속에 박힌 기차들
시간의 벽 너머로 달려가는

귀는 흘러내릴 때 얼마나 투명한 소리를 내는 것일까

나는 물고기들로 가득한
어항을 뒤집어쓴 채

『너의 슬픔이 끼어들 때』(창비 2015)

언니랑 내가 진달래를
한 소쿠리 따오면
엄마는 화전을 부쳐주셨습니다

동글게 반죽한 찹쌀 위에
꽃잎을 평평하게 올리고
미나리나 쑥으로 잎사귀 완성!

밍밍해

'맛보다는 모양'이라고
생각했습니다

봄바람 불고 볕 좋은 날

옥상에 이불을 널고
기지개를 쭉 펴보는 것

쑥국을 끓일까,
냉이를 무쳐볼까, 망설이다가
달래만 삼천원어치 사는 것

옥탑에 사는 할머니가 가꾼 텃밭

스티로폼 화분에 심은 부추가
한뼘이나 올라온 걸 보는 것

벚꽃 지는 게 아까워서
뒷목이 뻐근하도록 바라보는 것

이삿짐 오르내리는 걸 보면서
덩달아 분주해지다가도

옷걸이에 걸려 흔들거리는 와이셔츠를 보고 있노라면
자울자울 졸고만 싶은 것

우체국에서 나눠준 맨드라미와 백일홍 꽃씨를
서랍 속에서 찾은 것

따따듯한 봄볕에
노곤노곤하게 몸을 지지고
참으로 오랜만에 환해져보는 것

봄날

김기택

할머니들이 아파트 앞에 모여 햇볕을 쪼이고 있다.
굵은 주름 잔주름 하나도 놓치지 않고
꼼꼼하게 햇볕을 채워넣고 있다.
겨우내 얼었던 뼈와 관절들 다 녹도록
온몸을 노곤노곤하게 지지고 있다.
마른버짐 사이로 아지랑이 피어오를 것 같고
잘만 하면 한순간 뽀얀 젖살도 오를 것 같다.
할머니들은 마음을 저수지마냥 넓게 벌려
한철 폭우처럼 쏟아지는 빛을 양껏 받는다.
미처 몸에 스며들지 못한 빛이 흘러넘쳐
할머니들 모두 눈부시다.
아침부터 끈질기게 추근거리던 봄볕에 못 이겨
나무마다 푸른 망울들이 터지고
할머니들은 사방으로 바삐 눈을 흘긴다.
할머니 주름살들이 일제히 웃는다.
오오, 얼마 만에 환해져보는가.
일생에 이렇게 환한 날이 며칠이나 되겠는가.
눈앞에는 햇빛이 종일 반짝거리며 떠다니고
환한 빛에 한나절 한눈을 팔다가
깜빡 졸았던가? 한평생이 그새 또 지나갔던가?
할머니들은 가끔 눈을 비빈다.

『사무원』(창비 1999)

어렸을 땐 머리카락이 등까지 닿았다

삐삐삐냐?

덕분에 장난기 많은 남자애들의
표적이 되곤 했지만

좋아했던 머리 모양은
일명 "디스코 머리" ✽

세가닥으로 나누어
벼 모양으로 땋은 것인데
왜 그렇게 불렀는지
알 수 없다

참빗으로 빗은 뒤
꽉 묶으면
눈꼬리가 여우처럼 올라간다

욱신욱신

엄마는 매일 아침
머리를 손질해주셨는데

한결같은
미륵불 머리 모양

여간 성가신 일이 아니었다보다

땡겨
엄마

아유
도시락도
싸야는디...

엄마는 나에게 단발령을 선포했다

찰강찰강

토니 스타크가 자비스를 부르듯
의기양양하게 나를 불러

막내딸 일루 와!

삐뚤어진 것
같다면서

빗으로 재보고
자르고 또 자르고

자꾸만 뒷머리를 치올려 깎아서
그야말로 몽실 언니가 되었다

깡뚱하니 좋구먼

학교 가면 분명히
애들이 놀릴 텐데

놀림감이 되어
이리저리 차이느니

차라리 돌멩이가 되었으면...

어제보다 더 단단한
마음을 갖고 싶어

인생 뭘까...

돌멩이

오은

뻥뻥 차고 다니던 것
이리 차고 저리 차던 것

날이 어둑해지면
운동장이 텅 비어 있었다

골목대장이던 내가
길목에서
이리 채고 저리 채고 있었다

돌멩이처럼 여기저기에 있었다

날이 깜깜해지면
돌담이 빽빽이 들어차 있었다
좁은 길로 들어서는 일이 쉽지 않았다

돌멩이처럼 한곳에 가만히 있었다

돌멩이처럼 앉아
돌멩이에 대해 생각한다

돌맹이가 된다는 것
겉과 속이 같은 사람이 된다는 것
온 마음을 다해 온몸이 된다는 것
잘 여문 알맹이가 된다는 것

불현듯 네 앞에 나타날 수 있다는 것
마침내
네 가슴속에 자리 잡을 수 있다는 것
철석같은 믿음이 된다는 것

입을 다물고 통째로 말한다는 것

날이 밝으면
어제보다 단단해진 돌맹이가 있었다
내일은 더 단단해질 마음이 있었다

『의자를 신고 달리는』(창비교육 2015)

딸 다섯, 아들 둘
일곱 남매가 살던 집

마루 밑에는 신발이 많았다

나는 네명의 언니들과
쪽밤처럼 붙어서 잤다

엄마는 입지 않는 한복으로
이불 홑청을 만들었는데
그 이불은 크고 가슬가슬했다

더러는 아랫목에 묻어둔
아버지의 밥그릇이 엎어져
엄마한테 혼나기도 했다

우리는 둘러앉아
숟가락으로 감자 껍질을 벗기며
돌림노래를 부르곤 했다

숟가락이
온다!

우린 이제
벗겨지겠지

마지막 노랠 부르자

언니는 박남정 노래를 따라 부르며
기역 니은 춤을 췄다

왜 난 이리 널
그리는 걸까

왜 내 모습
보이지
않는 걸까

식구가 많아서 싫었던 건
밥상 위에서의 눈치 싸움

식구가 많아서 좋았던 건
든든한 내 편이 있었다는 것

야! 배삼만 나와
너 내 동생 때렸냐?

드디어 내 방을
갖게 되었을 때는

학교
다녀왔습니...

언니들이 모두
도시로 떠난 뒤였다

어쩐지 신나지 않았다

언니들은 궁금한 게 많았던 동생을
귀찮아했던 것도 같은데

언니, 너도
사춘기냐?

좋은 말로 할 때
문제나 풀어라

어린 적 얘기만 나오면
서로 나를 업겠다고 싸웠다고 말한다

다섯 자매가 주고받던 질문과 대답들은
어디로 흘러갔을까?

셋째 둘째 첫째

넷째 나

칠 남매를 키운 엄마 아버지는
이미 답을 알고 있었을까

구름의 산책

아빠 구름은 어떻게 울어?
나는 구름처럼 우르릉, 우르릉 꽝! 얼굴을 붉히며,

오리는?
나는 오리처럼 꽥꽥, 냄새나고,

돼지는?
나는 돼지처럼 꿀꿀, 배가 고파.

젖소는?
나는 젖소처럼 음매, 가슴이 울렁거린다.

기러기는?
나는 기러기처럼 두 팔을 벌리고 기럭기럭,

그럼 돌멩이는?
갑자기
돌멩이를 삼킨 듯 울컥,해졌다.
소리 없이 울고 싶어졌다.

아빠, 구름은 우르르 꽝 울어요?

비상!
비상사태다
데프콘2를
발령한다!

전방 3미터에서
적의 움직임이
포착됐다

적들이 얼마나 잔인한지
제군들 모두 잘 알고 있겠지?

놈들은 우리를
창으로 찌르고

퍅
퍅

채 써는 것도 모자라
끓는 기름에
튀겨버린다!

치
이
이
이

제일 독한 놈들은
강판에 갈아버린다!
얼마 전에
감상병도 당했다

어머니...

으으
치가
떨린다

복수할 거야!

극악무도한
놈들!

전우들이여!
죽을 힘을 다해 싸우자!
독을 끌어올려라!

끌어올려라! 끌어올려...

이
이
익

고지가 눈앞이다!
비료 먹던
힘까지 짜내라!

엇! 소대장님!
제 머리에 뭔가
돋아났지 말입니다!

싸... 싹이다!
싹이 돋아났다!

와아아!

살았다

끼야아

조금만 더!
조금만 더 힘을 내라!

으으읍

이얍

으읍!

오매! 귀 따거
이 오사럴 놈덜아!
조용히 못혀!

잉? 뭐여, 이게...
분명히 멀쩡한
놈덜만 골라왔는디?

히유... 오늘 장사는
공쳐부렀네

다음 날 아침
할머니의 집

아아
뜨끈뜨끈

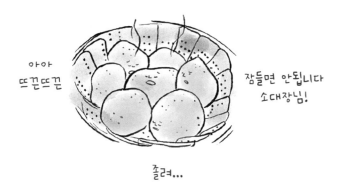

잠들면 안됩니다
소대장님!

졸려...

슬픔

이시영

　김포에서 갓 올라온 햇감자들이 방화시장 사거리 난전에서 '금이천원'이라는 가격표가 삐뚜루 박힌 플라스틱 바가지에 담겨 아직 덜 여문 머리통을 들이받으며 저희끼리 찧고 까불며 좋아하다가 "저런 오사럴 놈들, 가만히 좀 있덜 못혀!" 하는 할머니의 역정에 금세 풀이 죽어 집 나온 아이들처럼 흙빛 얼굴로 먼 데 하늘을 쳐다본다.

『호야네 말』(창비 2014)

엄마가 고무 대야에
절인 배추를 담고서

엄마 갔다 올게
동생 잘 봐라

오일장에 가면

엄마아-
올 때 호빵

다녀오세요!

언니는 색종이를 접어주었다

언니가 나만 빼놓고
친구네 놀러 갈까봐
나는 자꾸만 종이를 접어달라고 졸랐다

종이학, 동서남북, 학알, 비행기...

꽁무니를 누르면 튀는 개구리까지
언니는 뚝딱 접었다

색종이 냄새와
종이 접을 때 나는 숙숙 소리도 좋았다

언니가 만든 것 중에
가장 좋아했던 건 종이공

대략 이런 순서를 거쳐
종이공이 완성되는데

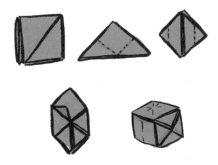

종이공을 다 접으면
젓가락으로 아랫부분에 구멍을 뚫었다

잘 안 뚫리면
침을 묻혀서 푹!

구멍에 입을 대고
숨을 불면 종이공이 동그랗게 부풀었다
꼭 생명을 얻은 것처럼

언니의 숨을 담은
종이공은 미지근해

뒹굴뒹굴 종이공을
가지고 놀다보면

어느샌가 스르르
잠이 왔다

잠에서 깨어나면
언니는 어디 가고 없고

엄마가 찬 기운을 묻히고서
장에서 돌아왔다

엄마 걱정

기형도

열무 삼십단을 이고
시장에 간 우리 엄마
안 오시네, 해는 시든 지 오래
나는 찬밥처럼 방에 담겨
아무리 천천히 숙제를 해도
엄마는 안 오시네, 배추잎 같은 발소리 타박타박
안 들리네, 어둡고 무서워
금간 창 틈으로 고요히 빗소리
빈방에 혼자 엎드려 훌쩍거리던

아주 먼 옛날
지금도 내 눈시울을 뜨겁게 하는
그 시절, 내 유년의 윗목

『입 속의 검은 잎』(문학과지성사 1989)

초등학교 다닐 때
단짝이 있었다

이름은 김정미
별명은 안경잡이

우리는 털실로 연결된
장갑처럼
꼭 붙어다녔다

정미네

우리 집

정미네 집에 가려면
조그만 다리를 지나가야 했는데
그 아래로 개천이 흘렀다

와—

앞으로
가는 것 같다!

장마가 지면 다리 위에서
황톳물이 빠르게
불어나는 것을 구경하기도 했다

집에 갈 때는
서로 바래다주겠다고
실랑이를 벌였다

이번엔 진짜
나 먼저 간다

안녕! 잘 가

뒤돌아보면 정미도
나를 보고 있었다

진짜 진짜
안녕!

잘 가

지금은 서로 떨어져 살지만
우리가 소녀였을 때
신발주머니를 들고 걷던 그 다리

꼼지락

기억은 어느새 그 다리 위에 가 있다

나 너희 옆집 살아

　난 너의 옆집에 살아 | 소년이 되어서도 이사를 가지 않는 난 너의 옆집 살아 | 너의 집에 신문이 쌓이면 복도를 천천히 걷고 | 베란다에 서서 빈 새장을 바라보며 | 새장을 허물고 사라진 십자매를 기다리는 난 | 너의 옆집 살아 | 우린 종종 같은 버튼에 손가락을 올려놓고 | 같은 소독을 하고 같은 고지서를 받고 같은 택배를 찾으며 ‖ 안개가 가로등을 끄며 사라지는 아침 | 식탁에 앉아 처음으로 전등을 켜는 나는 너의 옆집 살아 | 이사를 오며 잃어버린 스웨터를 찾는 너의 | 냉장고 문을 열어두고 물을 마시는 너의 옆집 살아 | 내가 옆집에 사는지 모르는 너의 | 불가사리처럼 움직이는 별이 필요한 너의 옆집 살아 | 옆집엔 노래하는 영웅이 있고 자전거를 복도에 세워두는 소년이 있고 국경일엔 태극기를 올리는 착한 어린이가 있어 ‖ 십자매가 날개를 접고 돌아와 다시 알을 품을 수 있도록 | 알에 묻은 깃털을 떼어내지 않는 | 비가 오는 날에도 창문을 열어 두는 나는 너의 옆집에 살아 | 복도의 끝에서 더 긴 복도를 만들며 | 가끔 난간 위에서 흔들리는 코알라처럼 | 난 너의 옆집 살아 | 바다의 지붕을 나무에 새기며 | 커튼을 걷으면 밀려오는 나쁜 나뭇잎을 먹어 치우며 | 같은 난간에 매달려 예민한 기류에도 함께 흔들리는 난 | 난 너희 옆집 살아

학교 갔다 오면
가방도 안 내려놓고 찾던
엄마표 아이스바

역시!

오렌지맛, 포도맛, 딸기맛
입안에서 천천히
맴돌다 사라지던 여름의 맛!

햇볕이 쨍쨍한 날
오르막길에 있는
수영장에 다녀왔습니다

베... 혀 좀 봐
좀비 같지

워킹데드
찍냥?

혀가 보라색으로 물드는
상어바를 핥으며 가는 길

할머니들이 평상에 앉아서
얘기하는 소리도 듣고

가족들이 모여
세차를 하는 걸 보니
이마가 시원해집니다

길바닥에 검은 버찌, 빨간 버찌
버찌를 줍는 아이의 손에
보랏빛 물이 들었습니다

때 이른 더위에
삼계탕집도 분주합니다

점심엔 소면 삶아서
열무국수 비벼 먹고

흐흑... 여보!
나도 따라가리다

후식으로 참외까지
달게 먹고 나면

책은 몇글자 읽지도 못하고
눈에 납덩이를 매단 것처럼
졸음이 쏟아지지요

더위가 한풀 꺾일 즈음엔
자전거를 탔습니다
맨살에 닿는 바람이
선선합니다

어푹푸
날파리!

별일 없어도
하루가 꽉 채워진 듯한
심심한 휴일이었습니다

가족의 휴일

아버지는 오전 내내
마당에서 밀린 신문을 읽었고

나는 방에 틀어박혀
종로에나 나가보고 싶다는
생각을 했다

날은 찌고 오후가 되자
어머니는 어디서
애호박을 가져와 썰었다

아버지를 따라나선
마을버스 차고지에는
내 신발처럼 닳은 물웅덩이

나는 기름띠로
비문(非文)을 적으며 놀다가
아버지를 쳐다보았다

아버지는 바퀴에
고임목을 대다 말고
하늘을 쳐다보았다

"이번 주도 오후반이야" 말하던
누나 목소리 같은 낮달이
길 건너 정류장에 섰다

『당신의 이름을 지어다가 며칠은 먹었다』(문학동네 2012)

겨울에 먹는
빙수는 별미

국산
팥인가?

한입 더먹으면

쇄아

머릿속에 조그만
쇄빙선이 지나갑니다

이마가 훤해지는
풍경이 있지요

야구공이 외야의
펜스를 넘어갈 때

하얀 배를 보이며
제비가 날아오를 때

여보, 올 때
콩나물 좀 사와요!

우리 편 선수가
상대편 선수를 앞지를 때

청군 이겨라!

백군 이겨라!

구령 소리에 맞춰 운동장을 돌던
친구들도 하나둘 사라지고

함성이 사라지고

소란이 잦아들어도

텅 빈 운동장 발자국 안에
시원한 풍경이 들어차 있습니다

커브

송승언

창이 없으면 그림도 없지 그림이 없으면 나도 없다 문 앞에 지워진 발자국 쏟아지는

너는 창밖으로 몸을 내밀고 입을 벌린다 그것은 내게 없는 표정
어쩜 저렇게 환할까 치아 사이로 펼쳐진 복도를 따라서 하나 둘 둘 하나

복도는 어둠이고, 복도 끝은 하얀 방으로 이어진다 거기에 네가 있다는 생각 창과 복도는 없고 따라서 울리는 둘 하나 하나 둘

복도를 공유하는 많은 방들, 거기에 네가 있다는 생각 손잡이를 돌리면 잠겨 있고 손잡이를 돌리지 않으면 슬그머니 개방되는 문
벽 한가득 걸려 있는 얼굴들이 새하얗게

복도 끝으로 휘어진 그늘을 보았다
창을 열어 몸을 내밀었다

입은 벌어지고
투명한 입에 들어차는 여름 둘 하나 하나 하나

『철과 오크』(문학과지성사 2015)

잠결에 엄마가
우는 소리를 들었습니다

오줌이 마려워도
꾹 참았던 어느 밤

엄마와 송광사에
갔습니다

지눌스님이 터를 잡기 위해
나무로 깎은 솔개를 날렸더니

솔개가 날아가

푸드득

국사전 뒷등에
앉더라는
이야기를 품은 절

엄마는 손바닥을
하늘로 올리며 연거푸 절을 했습니다

기도가 간절하면
넓어져가는 근심을
멈출 수 있을까요?

그때 엄마는 큰 수술을
앞두고 있었는데

나는 무슨 말인가
하려다 그만두고

옆에서 나란히 걸었습니다

솔방울을 줍다가

있던 자리에 두고
돌아왔습니다

강촌에서

수변시편 5

문태준

말수가 아주 적은 그와 강을 따라 걸었다

가도 가도 넓어져만 가는 강이었다

그러나 그는 충분히 이해되었다

『우리들의 마지막 얼굴』(창비 2015)

방학이 되면 친척 집에 놀러 갔다

아니, 맡겨졌다는
표현이 더 정확할지도...

버스가 몇대 다니지 않는
시골에 사는 나에게
대전은 큰 도시

집에
찾아올 수
있겠냐?

응

대전(大田)은
큰 밭이란 뜻인가, 생각하며
친척 집에 갔다

동갑내기 사촌을 만나자
내가 입은 옷이
촌스럽게 느껴졌다

어
잘 지냈어?

희숙아!
오랜만이야
머리는
파마한겨?

희숙이는 나랑 노는 게
별 재미가 없었는지
친구들과 나가 놀았다

강시
나오는 거
보자

나, 친구네
갔다 올게

어, 엉...

거기서도
심심하긴 매한가지

방학 숙제나
해야지

싱고!
여기서 뭐 해?

엇!
정순이 언니

나이 차 많이 나는
사촌 언니

아침에 희숙이
수영장 간다던데
같이 안 갔어?

에?
수영장요?

말 안한
모양이네
같이 가지

괜찮아요
어차피
수영복도 없고...

맴

맴

아유, 저녁인데도 덥다
언니가
하드 사줄까?

아... 네

메론아가
어딨지?

언니 약속 있어서
먼저 갈게
이따 집에서 봐

아이스크림을 먹으며 걸으니
야속했던 마음이
누그러지는 것 같았다

그때 갑자기
밤하늘을 울리는 소리

슈르
르
르
르

팡

팡

아쉽게도 불꽃놀이는 금세 끝나버렸지만

아...

탄산수를 마신 것처럼
머릿속에서
스파크를 일으키던 별들

뜻밖의 행운을 만나듯
그날 처음으로
불꽃놀이를 보았습니다

별

이병기

바람이 서늘도 하여 뜰앞에 나섰더니
서산 머리에 하늘은 구름을 벗어나고
산듯한 초사흘 달이 별과 함께 나오더라

달은 넘어가고 별만 서로 반짝인다
저 별은 뉘 별이며 내 별 또한 어느 게오
잠자코 호올로 서서 별을 헤어보노라

『가람 시조집』(권채린 엮음, 지만지 2012)

며칠을 잠 못 이루던
이응옹은 생각했습니다

뚜뚜뚜뚜 센서가 있으면 좋겠다고

다른 이와 주파수를 맞추며
사는 건 쉽지 않다

주는 이는 선물이라 생각하지만

특별히 비린 것으로
준비했네

받는 사람은 부담스러울 때

사양 말게나

친해지고 싶어서 건넨 농담이

코 세척은
매일 하세요?

지나고 보면 무례했다 싶을 때

적정선을 넘으면 '뚜뚜뚜' 울리면서
내 감정의 컨디션을 알려주는
센서가 있다면 얼마나 좋을까?

뚜뚜뚜 센서 주요 기능

 1단계: 안전 모드

상냥 기압 상승 / 바이오리듬 맑음
컨디션 지수가 만렙이오니
약속을 잡고 외출을 준비하세요

 2단계: 저기압 모드

까칠주의보 발령
스트레스 쓰나미가 몰려옵니다
허브 티나 마사지로 심신의 안정을!

 3단계: 스트레스 고기압 발령

짜증 토네이도 진돗개1 발령
음주 가무 금지 및 미팅 취소
밀렸던 미드나 정주행하시오

 주의사항
센서 고장으로 랜덤 발령될 수 있음

뚜뚜뚜 센서가 있다면
상처주거나 실망하는 일도
줄어들게 될까?

상대방을 배려한답시고
너무 조심하는 것도 지루하겠지...

오늘도 이불킥

쯧쯧
모두에게 잘 보이고 싶은 것도
자네 욕심 아니냥?

척

너무 애쓰지
말게나

할짝

생각보다 닝겐들은
타인에게
관심이 없다냥

얄밉지만

어쩐지 맞는 말

그만 징징거려라냥
인생은 YOLO야!
(솔로)

지—잉

외롭고 힘들어도
내 마음의 주인으로 살아라냥

냥드 정주행 중

주인

이홍섭

아이가
힘겹게 뒤집기를 시작하면서
이 철없는 세상을 용서하기로 했다

마흔 넘어 찾아온 아이가
외로 자기 시작하면서
이 외로운 세상을 용서하기로 했다

바람에 뒤집히는 감잎 한장
엉덩이를 치켜들고 전진하는 애벌레 한마리도
여기 이 세상의 어여쁜 주인이시다

힘겹고, 외로워도
가야 하는 세상이 저기에 있다

『터미널』(문학동네 2011)

이 꽃
진짠가?

가짜
같은데?

만져보다가

진짜였어?

헉

꽃잎에 생채기를 내고
말았습니다

사람의 인상은
과일 바구니처럼 다양합니다

우리 발라
버리겠다고?

첫인상이 까칠해서 친해지기 어려워도
의외로 다부지고 성실해서
신뢰가 가는 사람

호기롭고 시원시원하지만
알고 보면 겉과 속이 다른 사람

모과
궁금해요?

겉모습은 수수해도
만날수록 그윽하고 향기로운 사람

야채야?
과일이야?

진심인지 거짓인지
속을 알 수 없는 사람

겉으론 완벽해 보여도
무르고 약해서
몰래 눈물을 흘리는 사람

지기 싫어서, 잘 보이고 싶어서
우리는 '가면'을 쓸 때가 있지요

무던하면서
까다로운 척

약하면서
센 척

교만하면서
겸손한 척

영악하면서
순진한 척

가면을 쓴 나는
안정적이고 사려 깊고
온화한 사람처럼 보이고 싶어하지만

좋아요!

혼자 있을 때는
신경질적이고 불안하며
변덕스러운 아이가 되곤 합니다

이런 모습을 인정하면서도
한편으로 부정하고 싶습니다

내꺼인 듯 내꺼 아닌
내꺼 같은 이 감정

진짜와 가짜를 구분하는 일은
상처받지 않으려고
내 마음의 경계를 긋는 일인데

언제부터였을까요

오늘도
의문의 1패

타인의 진정성에 추를 달아
얼마나 묵직한지 재보고
남들은 어떤 가면을 썼는지 의심하는 일로
감정을 낭비했던 날이

아이고
의미없다...

어른이 된다는 건
감정을 여과 없이 보여주는 게 아니라
세련되게 감추는 거라고 믿게 된 것이

돼지머리들처럼

하루에도 몇번씩 거울을 보며
엄지와 집게손가락으로 입 끝을 집어올린다
자, 웃어야지, 살이 굳어버리기 전에

새벽 자갈치시장, 돼지머리들을
찜통에서 꺼내 진열대 위에 앉힌 주인은
웃는 표정을 만들고 있었다
그래, 이렇게 웃어야지, 김이 가시기 전에

몸에서 잘린 줄도 모르고
목구멍으로 피가 하염없이 흘러간 줄도 모르고
아침 햇살에 활짝 웃던 돼지머리들

그렇게 웃지 않았더라면
사람들은 적당히 벌어진 입과 콧구멍 속에
만원짜리 지폐를 쑤셔넣지 않았으리라

하루에도 몇번씩 진열대 위에 얹혀 있다는 생각,
웃어, 웃어봐, 웃는 척이라도 해봐,
시들어가는 입술을 손가락으로 집어올린다

아― 에― 이― 오― 우―
얼굴을 괄약근처럼 쥐었다 폈다 불러보아도
흘러내린 피는 돌아오지 않는다

출근길 룸미러 속에서 발견한
누군가의 머리 하나

뭐니 뭐니 해도
우리 동네 천변의 디바는

바로 이분인 것 같아!

짝

짝

앞뒤로 박수
화려한 등산복 차림
썬캡 앤드 마스크 장착
에너자이저 파워 워킹

먹는데도
배가 고파

천천히
들게나

점점 후덕해지는 몸매를 보고
건강을 걱정하면서도

끄으

오늘도 과식하고야 말았습니다

하얗게
불태웠어...

달콤한 포만감 뒤에 밀려오는
자책의 쓰나미

작년에 산 흰색 스키니진은
점프를 해야만
입을 수 있는 것이 되었습니다

꽉 순두부
묶은 것 같네

그래서 결심했습니다
과체중을 극복하기로

살과의 전쟁을
선포하노라

포기하고 살면
맘은 편한데...

고되게 땀 흘리며
지방을 태우는 짜릿한 쾌감!
저도 한번 느껴보고 싶었어요

자극받게
독하게 말해줘

집사...
변태 취민가?

정!
원한다면야...

닝겐의 외모 품평이나 하는
꼰대 냥이는 아니지만
뭐... 집사가 원한다면

자네의 지방은
참 독립적이군
존재감이 충만해
부위별로
지방자치제랄까...

더 독하게!
겨우 그 정도로
내 멘탈이
털릴 것 같아?

진격의 다이어트
며칠 뒤

체중계야
어서 말해
고장이라고

또 최고치
찍었냥?

인체의 신비로움은
그냥 신의 뜻에 맡기는 걸로

아주 그냥
매콤하게
닭볶음탕 콜?

치즈 사리
넣어서

쩝쩝

천변체조교실

권혁웅

노년이란 몸의 지방자치제인데
팔다리 따로 노는 지역감정이거나 오감의 님비현상인데
여기 천변에선 모두가 일사불란이다
차밍스쿨 다닐 때처럼 선 위의 중앙집권제다
캡을 쓰고 마스크를 한 채 걸어온 저녁,
몸짱 생활체육지도사와 함께하는 천변체조교실
하이힐 또각거리던 그녀를 꺼내야 한다고
모두들 몸이 몸을 버려야 한다고 열심이다
관절마다 한번씩 무릎과 팔꿈치에 두번씩
골목을 돌아 나갔던 사람은 있는 것인데
내가 오른손잡이라면 그는 좌익이었던 거냐
내 왼쪽 뇌의 스위치를 끈다면
오른손으로 그를 잡을 수 없다는 거냐
먼저 눈치채고 평탄해진 가슴은
어떤 추억에도 밋밋해야 한다고 결심한 지 오래다
이 저녁의 양생법이란
견갑골 깊숙이 찔러 넣은 내 손이
내 등을 안는 식이어서
숨쉬기운동이 끝나고 나서도
몇몇은 뒤로 걷고 몇몇은 손뼉을 칠 것이다

『애인은 토막 난 순대처럼 운다』(창비 2013)

말리지 마! 올해부터
영어 공부 똑 부러지게 할 거야!

문제집이 베개네
몇년째
have+p.p냥

텐 미닛!
10분만...

다이어트도 성공할 거야

패티는
추가한 거지?

언제나
그랬듯이

역시 치킨은
뻑살보다는 다리지

펑크는 안돼
마감일은 꼭 지켜야지

감수성도 보습이 필요해
팟캐스트도 듣고 촉촉한 음악도 듣고

나의 뮤즈!
영감(inspiration) 님이 오실 땐
재빨리 앞으로!

오모! 오뚝해
그분이 벌써 응답을?

딩동! 딩동!

안녕하세요
천국의 말씀
전하려고요

네, 네
벌써 갔다
왔습니다

에잇!
기다리는
영감 님은 안 오시고

뒹굴

난 첫 줄을
시작했다네
싱고 안 쓰고 뭐하나

드르르르르르륵

1월 단기 카드 대출
이자율 30% 할인

히유...

흠, 아까
뭐였더라

기억 안 나

쯧쯧...

위아래위아래위위
아래 위 아래
위위 아래
위위 아래
위위위
아래
위아
래위
위
아

이건 또 무슨 소리

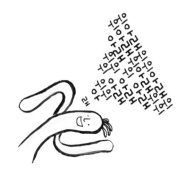

자꾸 위 아래로
흔들리는 너어~

그마아아아아안!!

쿠오오오오오
부숴버릴거야!

영감니임-
첫 줄은 주고
가셔야죠!

이거야 원
시끄러워서
나 갈라네

마하반야 심경고백

사리사욕 곰국사리

진품명품 액세서리

 딱딱딱  자중하게나

안되겠다
5분만 누웠다가
다시 써야겠어

쯧, 집중력이
3분 카레냥

첫 줄

심보선

첫 줄을 기다리고 있다.
그것이 써진다면
첫눈처럼 기쁠 것이다.
미래의 열광을 상상 임신한
둥근 침묵으로부터
첫 줄은 태어나리라.
연서의 첫 줄과
선언문의 첫 줄.
어떤 불로도 녹일 수 없는
얼음의 첫 줄.
그것이 써진다면
첫아이처럼 기쁠 것이다.
그것이 써진다면
죽음의 반만 고심하리라.
나머지 반으로는
어떤 얼음으로도 식힐 수 없는
불의 화환을 엮으리라.

「눈 앞에 없는 사람」(문학과지성사 2011)

착용 후기가 좋길래
쓰-윽 사버린 스틸레토 힐

★ 별점 5개
인생 힐 만났어요-

발이 너무 아파서
길들일 수 없었습니다

장식품으로
용도 변경

155

가끔 친구가 바라지 않는
충고를 서슴없이 합니다
돌아보면 악담인지, 조언인지...

정신력 문제 아닐까?
나처럼 몸을 움직여봐
털에 곰팡이 슬겠어!

내 경험을 잣대로
타인의 방식이
틀린 거라고 지적하기도 하죠

거루 엄마,
너무 애 감싸고
도는 거 아냐?
내가 애들을 많이
키워봐서 아는데
블라블라...

타인의 취향을
유별나다고 생각하면서
조롱하기도 하고

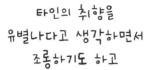

얼마 안남지 이야

오골계 진짜
오글거려

푹

내 마음 편하자고 부담 주는 걸
'배려'라고 착각하기도 해요

다크서클 때문에
고민 많지?
미백 크림
쓰던 거 줄까

안 그래도
되는데?

호기심 때문에 저지른 무례함을
솔직하고 용기 있는 행동이었다고
포장하면서

흐음

솔직히 500원짜리
콧구멍에 넣어봤죠?

실수와 후회를 반복하고
결국에 하는 말은...

나쁜 뜻은
아니었어

사람은 불완전한 존재니까
어쩔 수 없다고
스스로 합리화하는 사이

누군가와는 자연스레
멀어지기도 합니다

흥!
저 여편네

쉽지 않네요

다른 이의 선의를
담백하게 받아들이는 일은

너무 뜨거워서 데거나
차가워서 시리지 않도록

마음의 온도를 알맞게 조절해서
서로에게 길을 내는 일은

차심

차심이라는 말 있지
찻잔을 닦지 않아 물이끼가 끼었나 했더니
차심으로 찻잔을 길들이는 거라 했지
가마 속에서 흙과 유약이 다툴 때 그릇에 잔금이 생겨요
뜨거운 찻물이 금 속을 파고들어가
그릇 색이 점점 바뀌는 겁니다
차심 박힌 그릇의 금은 병균도 막아주고
그릇을 더 단단하게 조여준다고……
불가마 속의 고통을 다스리는 차심,
그게 차의 마음이라는 말처럼 들렸지
수백년 동안 대를 이은 잔에선
차심만 우려도 차맛이 난다는데
갈라진 너와 나 사이에도 그런 빛깔을 우릴 수 있다면
아픈 금 속으로 찻물을 내리면서
금마저 몸의 일부인 양

『떠도는 먼지들이 빛난다』(창비 2014)

우리 둘 사이에는 긴 강이 흘렀고
그 강을 건너야
우리는
바다로 갈 수 있었습니다

당신은 매운 걸
못 먹는 사람

옷을 뒤집어서
벗어놓는 사람

일어나자마자
커피를 찾는 사람

카레와 주먹밥을
좋아하는 사람

음악을 들으며 잠들고
음악을 들으며 하루를 여는 사람

조명에 불이 들어오는 순간
가슴이 뛴다고 말하는 사람

비 오는 날 우산을 들고
마중 나가고 싶은 사람

뉴스를 보며
캔맥주 마시는 걸 좋아하는 사람

내 사랑이 너무
무거워서
두렵다고 말하면

말없이 손을 꼭 잡아주는 사람

나를 살게 하는 사람

당신은 나의 성실한 사랑
나는 당신의 성실한 사랑

두려움 없는 사랑

김현

약속한 시간이 되었습니다
손을 놓고
마음을 정리한 후에 이불을 덮어주고
기다리는 것으로 인생은 정리되기도 합니다

어제였던가요?
당신이

꿈나라에서 데리고 온 작은 개를
언덕도 없고 레몬나무도 없는 배 위에 올리고
노래를 불러주었습니다

바다가 너무 넓어 건널 수가 없어요
배를 주세요
두 사람이 탈 수 있는 배를
둘이 노 저어 갈게요 내 사랑과 내가

작은 개가 뭘 안다고 컹컹 짖고
나는 물러나서
당신 맨발에 코를 문지르다가
어제였던가요?

박근혜 대통령이
내가 이러려고 대통령을 했나 자괴감이 든다고 했어
말해주자 당신이 여느 때보다 더 크게 웃다가 그만
오줌을 쌌지요

그렇게 다시 당신이 뜨거운 사람이라는 걸 알았습니다
살아 있다는 것을요

바다에 간 적도 있잖아
뽀송뽀송한 새 바지를 입고서
광어회를 먹으며 불꽃놀이를 보는데
너무 가까워서
순식간이라는 걸 알아버렸지
산다는 건 당신이 말했지요

계절은 한철 밤은 길어지고
겨울 들판에 나가 수박을 구해 오는 사람이 있고
그걸 먹고 병이 나아서
남자와 남자는 오래오래 행복하게 살았습니다
여름도 아닌데 불꽃놀이는 무슨
말하다가도 불꽃을 올려다보고 감탄하고 마는
짧은 시절
우리는 매운탕까지 다 먹고 일어나
숙박하러 가서
서로 등을 긁어준 후에
작은 개의 작은 삶을 이야기하다가 잠이 들었잖아
그런 사정도 있다고
어제였던가요?

이제는 앉지도 서지도 못하는 당신 머리맡에
과일나무를 두었는데

당신이 슬픔의 꽈리고추를 씹은 사람처럼
세상에 없는 무시무시한 말을 했습니다
꽃말이 생각났지 뭐예요

성실한 사랑

당신이 나에게 가장 성실했던 사람입니다
나는 당신에게 가장 성실했던 사람일까요?

당신이 성실한 사랑의 냄새를 맡고 싶다고 해서
제가 당신 손을 꼭 잡아주었는데
이 짧은 걸 하려고 사람은 오래도 사는구나
과일나무에 달린 과일을 죄 따서
저 혼자 다 먹었습니다
당신의 코를 깨물었고요 당신은 냄새를 맡았을까요
매운 걸 잘 못 먹는 당신에게
매운 걸 주었다가 울어버린 기억이 났습니다
울음은 언제나 가까이 있어서
달려듭니다

작은 개는 그런 걸 보나보죠?
나는 다가가서 그런 걸 보고 있는 걸 보는 당신을 보고
손을 바로 잡고
컹컹 짖었죠
나는 작은 개랍니다
꿈나라에서 들어본 적이 있는 노래를 기다렸어요

당신 마음대로 하세요

바다로 흘러가는 배가 하나 있네요
짐을 가득 실었지만
내 사랑만큼 가득하진 않아요
내 사랑이 가라앉을지 헤쳐나갈지
나도 모르겠어요

어제였던가요?
마음의 준비를 하라는 말을 듣고
당신 배 위로 갔잖아요
우리 노를 저어 가요
넓은 바다로
두려움 없는 곳으로

『문학3』(창비 2017년 1호)

오동통한 엉덩이와
찹쌀떡처럼 하얀 발

냐—

궁디팡팡을 부르는 치명적인 뒤태

연어맛, 고등어맛,
참치맛 닭가슴살 중에
어떤 걸로?

정어리맛은
없냥?

조공을 바치도록 내 인생을 조련하는 옴므파탈

나의 잠을 망치러 온
내 인생의 고양이, 이응용

입.

뱃살은 좀 많이
두툼하긴 해도

이리 와라냥
이 부숭부숭하고 숭헌 것

오뎅꼬치를 잡을 ㄸ댄
제법 날렵했는데

만으로 68세
호적 나이로 쳐달라냥

오냐앵

이응옹도 사람 나이로 따지면 환갑이 넘었다
요새는 기력이 없어서
파리가 날아다녀도 그냥 둔다

풍치가 왔나
송곳니 시려

움직임도 굼뜨고
점프도 잘 하지 않더니

어떡해...

어느날, 이빨이 빠져버렸다

고양이와 인간의 시간은
다르게 흐른다는 것을 알면서도

이응옹! 괜찮아?
왜 불러도 대답 안해?
가는귀가 먹은 건가

마음속에 초 한자루가
뚝 부러진 것 같은 기분

괜찮다냥
이 나이에 묘생들은
들고도 못 들은 척
보고도 못 본 척 한다냥

너와 함께 코를 높이 들고
마시던 새벽 공기

투실한 옆구리를 기대면
나에게 전해지던 온기

그 어떤 말보다
다정하고 상냥했어
이응옹, 오래도록 함께해줘

싱고...
오늘 좀 센티멘털?

행복하자

아프지 말고

개평 같은 덤 같은

임영조

내 나이 딱 오십이 되면
밥 빌던 직장을 그만두리라
속으로 다짐하고 또 했다, 한데
막상 쉰이 다 돼가는 어느날
본 나이로 할까, 호적 나이로 할까
호적 나이라면 아직 이태나 남았는데
치사한 잔머리를 굴리다 예라!
본 나이 오십에 밥숟갈을 던졌다

어느새 나도 이태 후면 환갑이다
호적 나이로 치면 네해나 남았다
갑년이라면 보고도 못 본 척
듣고도 못 들은 척
눈과 귀가 순해져야 할 텐데
나는 아직 눈이 바빠 탈이다
귀가 여려 탈이다

본 나이와 호적 나이 사이에
라일락꽃 흐드러진 봄이 오가고
한여름 매미소리 귀를 찢는데
오동잎 살랑살랑 가을바람 쫓는데
나는 아직 바쁜데 이를 어쩌나?
본 나이로 칠까 호적 나이로 갈까
망설이는 사이에 갑년은 올 것이다
이를테면 개평 같은 덤 같은.

「시인의 모자」(창비 2003)

으...
취한다

친정집 사랑방 한켠에는
더덕주가 있고

엄마가 미리 마련해놓은
수의 상자도 있습니다

그 방에
선뜻, 들어설 수 없었습니다

지금 내 나이 때
엄마는 막내를 낳았다

일곱번째
아이

가족사항을 적을 때마다
부끄러웠다

2남 5녀라니
원시부족도 아니고

엄마는 일하느라
피부는 밤색으로 그을렸고
언제나 펑퍼짐한 옷만 입었다

아유! 콩 심으러
가야는디!

엄마, 살살...

언니나 나를 부를 때면
언제나 이름을 헷갈려 했는데

미경아, 아니 미선아,
미숙인가? 아유, 아무나
바가지 좀 가져온나!

체구는 작았지만 옹골지고
손이 몹시 매웠다
엄마의 분노 게이지가 올라갈 때는

부들부들

누... 누가 도시락
안 내놨냐?

등짝 스매싱을 맞을까봐
우리는 올챙이처럼 재빨리 흩어졌다

학교
다녀오겠습니다

엄마-
미아안

엄마는 손이 커서
팥죽도 쒔다 하면 한솥 가득
메주콩도 한가마씩 삶았다

가끔은 귤이나 자두 같은 걸로
저글링하는 걸 알려줬는데
내가 하면 잘 안됐다

하핫
엄마 보라

엄마가 시집왔을 때가
스물넷이었으니까

엄마의 시간은
그로부터 48년이 흐른 셈

밥 먹자ㅡ

메리!
맛있냐?

지금은 벽을 짚어야만
일어설 수 있을 정도로
쇠약해졌다

나는 안다
상자 속의 수의를 꺼내야 할 시간이
엄마에게 다가오고 있음을

더이상 엄마가 담가준 김치나
들기름을 맛볼 수 없는
날이 오게 되면

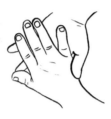

엄마가 쪼그려앉아서
불을 때던 부엌

그 아궁이 앞에
내 기억도 우두커니 앉았다가
돌아오곤 하리란 걸

한밤중 부엌

장석주

어머니 상(喪) 치른 뒤
보름 지나고.

모란은 아직 일러 땅속에서 웃고 있는데,

가스 불은 끄고
형광등은 켜고

한밤중 널따란 부엌에
우두커니 앉은
웬 늙고 낯선 남자,

마두금(馬頭琴)이 없으니
삶은 계란을
세개째 먹는 중이다.

『일요일과 나쁜 날씨』(민음사 2015)

공중이란 말, 참 좋지요

중심이 비어서
새들이 팍 찬 저곳

그대와 그 안에서
방을 들이고

아이를 낳고

냄새를 피웠으면

공중이라는 말

뼛속이 비어서

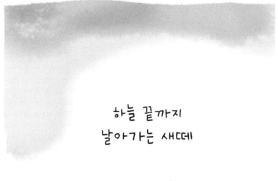

하늘 끝까지
날아가는 새떼

저곳

박형준

空中이란 말
참 좋지요
중심이 비어서
새들이
꽉 찬
저곳

그대와
그 안에서
방을 들이고
아이를 낳고
냄새를 피웠으면

空中이라는
말

뼛속이 비어서
하늘 끝까지
날아가는
새떼

『물속까지 잎사귀가 피어 있다』(창비 2002)

나였던 그 아이는 어디 있을까
아직 내 속에 있을까

아니면 사라졌을까?

당신은 2분단 첫째 줄에 앉은
키 작은 아이

엄마랑 미용실에 가는 걸
싫어하는 아이

해가 저물 때까지
연을 날리던

달리기를 잘하고
인기도 많은 명랑한 아이

앞니 빠진 게 부끄러워서
작은 목소리로 말하는 아이

피아노 학원에 가기 싫다고
고집부리던 아이

우리가 자라서 어른이 되어

어린 시절의 기억과
헤어질 때가 오면

나였던 그 아이는
어디로 갈까?

어느 먼 곳으로 날아가

희미해지는 걸까?

44

파블로 네루다

나였던 그 아이는 어디 있을까,
아직 내 속에 있을까 아니면 사라졌을까?

내가 그를 사랑하지 않았다는 걸 그는 알까
그리고 그는 나를 사랑하지 않았다는 걸?

왜 우리는 다만 헤어지기 위해 자라는데
그렇게 많은 시간을 썼을까?

내 어린 시절이 죽었을 때
왜 우리는 둘 다 죽지 않았을까?

만일 내 영혼이 떨어져나간다면
왜 내 해골은 나를 좇는 거지?

『질문의 책』(정현종 옮김, 문학동네 2013)

어느날, 그 아이가
내게 왔습니다

교실 한구석에서
조용히 만화를 그리던 아이

신기하게도 그 아이는

달리는 동안
키가 쑥쑥 자랐습니다

여긴 내가 다니던 학교!
2학년 4반 교실

내가 앉던 자리

이 캐리커처는
누구야?

ADHD라고
밴드부 친구들

저긴 엄마랑 다니던 영화관
팝콘 먹으면서 영화 자주 봤어

엄마 드시라고
가끔 오므라이스도 만들었어
케첩으로 하트 그려서

30대에 결혼해서
40대엔 외국에서 사는 게
내 인생 계획이었는데...

그 아이는 말끝을 흐리더니
다시 점점 작아지기
시작했습니다

자꾸만 희미해지더니

동그란 물방울이 되어서

하늘 높이 올라갔다가

풀잎 위에도
내려앉고

흰 눈 속에도
반짝반짝 섞여서

세상의 지붕 위에 골고루
내려앉았습니다

하고 싶은 말이
아직 많이 남아 있다는 듯이

그림 그리는 걸 좋아하던
그 소년의 이름은 홍순영

지금쯤 대학생이 될 기쁨에
들떴을지도 모르는 아이

잊지 않는다는 것은
오래 기억하겠다는 말

꽃이 진다고 그대를 잊은 적 없다

꽃이 진다고 그대를 잊은 적 없다
별이 진다고 그대를 잊은 적 없다
그대를 만나러 팽목항으로 가는 길에는 아직 길이 없고
그대를 만나러 기차를 타고 가는 길에는 아직 선로가 없어도
오늘도 그대를 만나러 간다

푸른 바다의 길이 하늘의 길이 된 그날
세상의 모든 수평선이 사라지고
바다의 모든 물고기들이 통곡하고
세상의 모든 등대가 사라져도
나는 그대가 걸어가던 수평선의 아름다움이 되어
그대가 밝히던 등대의 밝은 불빛이 되어
오늘도 그대를 만나러 간다

한배를 타고 하늘로 가는 길이 멀지 않으냐
혹시 배는 고프지 않으냐
엄마는 신발도 버리고 그 길을 따라 걷는다
아빠는 아픈 가슴에서 그리움의 면발을 뽑아
세상에서 가장 맛있는 짜장면을 만들어주었는데
친구들이랑 맛있게 먹긴 먹었느냐

그대는 왜 보고 싶을 때 볼 수 없는 것인지
왜 아무리 보고 싶어 해도 볼 수 없는 세계인지
그대가 없는 세상에서
나는 아무것도 두려워하지 않는다
잊지 말자 하면서도 잊어버리는 세상의 마음을
행여 그대가 잊을까 두렵다

팽목항의 갈매기들이 날지 못하고
팽목항의 등대마저 밤마다 꺼져가도
나는 오늘도 그대를 잊은 적 없다
봄이 가도 그대를 잊은 적 없고
별이 져도 그대를 잊은 적 없다

『나는 희망을 거절한다』(창비 2017)

매일매일 출근하는 길

닝겐
어디가냐아—

매일매일 퇴근하는 길

214

투명인간처럼
나를 벗어놓고서

영혼은
가출 중

매일매일 출근하는 길
매일매일 퇴근하는 길

나는 당신을 공격하지 않아요
나는 안전해요

아... 예
괜찮습니다

그때 말한
비딩 제안서
내 이름으로 올렸는데
괜찮지?

발톱을 숨기면서
공손히 앞발을 모으면서

꺼져!
쓰레기봉지 다 뜯어놓고!
재수없는 도둑괭이!

내가 아닌 나를 견딜 때마다
내가 아닌 나로 살아갈 때마다

내 눈에만 보이는 고양이
투명한 고양이

투명 고양이

매일매일 출근해
바닥을 견디는 것
자신을 견디는 것

길고양이의 왼쪽 귀 끝
중성화수술 표시로 잘려나간
삼각형의 투명처럼

거기서부터 삶을 거기서부터 죽음을
Ctrl+C, Ctrl+V처럼
인생은 어디론가 흘러가고 있는데

투명한 삼각형에 연루되어
그늘지고 멍든 쪽으로
공손하게 두 발을 모으고 있는

왼쪽 귀가 잘려나간
길고양이의 결가부좌처럼

거기서부터 죽음을 거기서부터 삶을
Ctrl+X, Ctrl+V처럼
인생은 어디론가 흘러가고 있는데

매일매일 출근해
바닥을 시작하는
자신을 시작하는

투명 고양이

『사랑은 어느날 수리된다』(창비 2014)

졸업하고 나니

의미없는 브이

IMF였다

군대 간 남자친구에게
보기 좋게 차였다

사랑이
어떻게 변하니...

월미도로 가는
2번 버스 안에서 펑펑 울었다

뭔 일이랴...

므아아아흐
아흐흑꺼이ㅠㅠ

송애교도 아니면서
혼자 비련의 주인공이 되어
인천 앞바다에서 드라마를 찍었다

뿌아아~

일자리를 구하는 것도 어려웠고
그마저도 오래가지 못했다

샘, 엄마가
이번 달까지만
하래요

그...으래?
(나, 짤린 건가)

적은 월급으로
학자금 대출, 월세, 공과금을 내고 나면
언제나 빠듯했다

에휴...
통장에
씽크홀이

청춘이 뭐 이렇게 시시한가
이렇게 살아도 괜찮을까

왜 나는
안 태워요?

근사한 미래로 갈 수 있는
황금 마차의 주인공은
따로 있는 것 같았다

만석!

파티에 초대받지 못한 사람처럼
구인정보지를 들고 세상을 기웃거렸다
모든 게 서툴고 촌스러웠다

실례지만
입장권 보여주세요

걍 물어가면
안되나유?

불안했고, 앞이 캄캄했다
도착하지 않은 나의 미래가

헐... 1도
안 보여요?

어쩌다 기분을 내고 싶어서 산 음반이나 장미가
형편에 맞는지 스스로 눈치가 보였다

나 완전
찌질하지...

알았으면 어서
자기연민에서
벗어나렴

다 정리하고 시골에 내려가
영화표를 팔면서
심심하게 살아도 좋을 것 같았다

꾸벅

여기요오~

편벽한 마음에
'젊어서 고생은 사서 한다'는 충고가
얼마나 박정하고 무심하게 들리던지

그럼 너님이
사 가세요

터벅터벅 건너갔다
반짝이지 않았던 20대의 날들을

비망록

햇빛에 지친 해바라기가 가는 목을 담장에 기대고 잠시 쉴 즈음, 깨어보니 스물네살이었다. 神은, 꼭꼭 머리카락까지 졸이며 숨어 있어도 끝내 찾아주려 노력ㅎ지 않는 거만한 술래여서 늘 재미가 덜했고 타인은 고스란히 이유 없는 눈물 같은 것이었으므로.

스물네해째 가을은 더듬거리는 말소리로 찾아왔다. 꿈 밖에서는 날마다 누군가 서성이는 것 같아 달려나가 문 열어보면 아무 일 아닌 듯 코스모스가 어깨에 묻은 이슬발을 툭툭 털어내며 인사했다. 코스모스 그 가는 허리를 안고 들어와 아이를 낳고 싶었다. 유잣속처럼 붉은 잇몸을 가진 아이.

끝내 아무 일도 없었던 스물네살엔 좀더 행복해져도 괜찮았으련만. 굵은 입술을 가진 산두목 같은 사내와 좀더 오래 거짓을 겨루었어도 즐거웠으련만. 이리 많이 남은 행복과 거짓에 이젠 눈발 같은 이를 가진 아이나 웃어줄는지. 아무일 아닌 듯.

해도,

절벽엔들 꽃을 못 피우랴. 강물 위인들 걷지 못하랴. 문득 깨어나 스물다섯이면 쓰다 만 편지인들 다시 못 쓰랴. 오래 소식 전하지 못해 죄송했습니다. 실낱처럼 가볍게 살고 싶어서였습니다. 아무것에도 무게 지우지 않도록.

『쉿, 나의 세컨드는』(문학동네 2006)

횡단보도 맞은편에서
나를 향해 걸어오는 사람

저는 자주 그들의 타깃이 됩니다

도를
아십니까?

복코시네요
인상이
참 좋으시다

오랜만에 고등학교 동창
덕희한테서 전화가 왔습니다

오... 나야
완전 고맙지!

너 요새 일자리
구한다며?
지영이한테 들었지...
우리 회사에 딱
한자리 비는데
면접 볼래?

덕희가 다니는 회사는
일원역에서 멀지 않은 곳에 있었습니다

외관은 허름했지만
서울에서 빨리 직장 구하고 자리 잡은
덕희가 의젓해 보였습니다

역에서
가깝던데?
찾긴 쉽다 야

오느라 고생했어
가방 무겁지?
들어줄게

덕희는 강당으로 저를 안내했고
OT를 받고 나오라고 했습니다

저는 맨 앞줄에 앉았습니다

멀뚱멀뚱

어쩐 일인지 옆자리 남자는
수건을 목에 두르고 있었는데
운동복 차림이었습니다

물끄럼...

강연이 시작되었고

여러분, 전 어릴 때대
화장실도 없는
판잣집에서 살았어요

그녀는 온갖 고생을 다 하고 살았지만 딱 한번의
결심으로 인생이 바꿔었다고 말했습니다

골드를 거쳐
다이아몬드가 되면
가만히 있어도
통장에 돈이
따박따박 들어와요

쎄-한 기분이 들었고
그건 옆자리 남자도 마찬가지였습니다

몰라서
물어요?

속닥

여기 단계
많은
회사 같죠?

강의가 끝나자마자 빠져나가려고 했지만
낯선 사람들이 저를 에워쌌습니다

잠시 상담
받고 가시죠

30분만요

어쩔 수 없이 세시간가량
상담을 받고 나서 진이 다 빠져버렸을 즈음

아...
도대체 몇시간을
세뇌시키는 거야

토할 것 같아

덕희가 나타났습니다

싱고야-
교육 잘 받았어?

저는 가방을 홱 낚아채서
재빨리 건물을 빠져나갔습니다

친절하게
뒤통수치는 거
아니다

야...
잠깐만

씩씩거리면서 지하철역을 향해 가는데
덕희한테서 전화가 왔습니다

뭐! 또! 왜!
지갑?

덕희의 지갑이 제 가방 속에 있었습니다

헉... 이게 왜
여기에...

지갑을 건네주려고 보니

아까 강당에서 봤던 남자들이 같이 다가왔고
순간 압력솥처럼 억눌렸던 화가 폭발했습니다

야!! 너 일부러
지갑 놓어놨지!!!
네가 그러고도 친구냐? 어?
친구끼리 이러지 말자!

그때 그 남자가
뭐 지나가며 말했습니다

친구는 무슨 친구?!
뭐 해요
집에 안 가고

그 남자라 함은...
옆자리 남자?

응... 수건 걸친...

자기도 끌려온 주제에
시크하게
타박하면서 가데

탄다... 타

그러게 오랜만에
전화 오는 동창은
보험, 결혼, 다단계
가능성이 있다고
몇번을 말했냥?

나도 알지...
근데 일자리 구하는 게
어려우니까 걔도
참 딱하긴 해

트이타에서 봤는데
타인의 호의는
돼지고기까지다냥
괜히 소고기 사주는
닝겐을 주의하라고!!

그런가...

그나저나 그 옆자리 남자는
좋은 직장에 취직했을까?

아놔... 운동 가재서
따라왔는데
호구 인증했네

달달   달달

우수의 소야곡

김민정

뭐해?
칼 갈아
무슨 일 있어?
칼 간다니까
내가 뭐 잘못했어?
칼 가는데 뭔 헛소리야
칼을 간다니까 그러지
나는 숫돌에 칼도 갈면 안돼?
숫돌 산 거 왜 나는 몰랐을까
호미랑 낫이랑 개줄도 사왔다 어쩔래
안 물을게 마저 칼이나 더 갈아라
안 갈리는데 가서 칼이나 더 사오든가

타고난 끼냐 장기냐 숨은 재능의 여부를
어쩌다 식칼 가는 데서 되찾아버린
그녀가 그년으로 불리기까지
딱 한 사람
딱한 사람만
지졌다가
지쳤다가

우리 이러지 말자

『아름답고 쓸모없기를』(문학동네 2016)

동화 속의 인어공주는
왜 항상 왕자를 기다릴까

왕자를 구해준 건 나였다고
해명도 안하고
왜 남 좋은 일만 해주다 물거품이 되었을까

어릴 적엔 '여자라서 행복해요'
'남자는 여자 하기 나름'이라는
CF를 보면서 자랐습니다

장래희망을
'현모양처'라고 적는 친구도 있었고

여자는 조신해야 한다
노출이 심하면 남자를 자극할 수 있다
그렇게 배웠습니다

한번은 생리통이 심해서 수업을 빠졌는데
남학생들이 수군대며 웃었습니다
'그날'인가보라고

체육 시간에 체력은 강해지지 못했고
수치심이 생겼습니다
가슴이 표가 날까봐 부끄러웠고
어떤 남학생들은
브래지어 끈을 당기고 도망갔습니다

남동생은 리모컨을, 저는 뒤집개를 들었습니다

그것은 묻거나 따지기 이전에
'원래' 그래왔던 것입니다

그맘때 즐겨보던 드라마 속 왕자님은
재벌 2세가 되어
가난한 여주인공 앞에 나타났습니다

왕자님은 여주인공의 손목을 꽉 잡고
강제로 끌고 가서 비싼 옷을 사주고

아파요!
왜 이래요!

여주인공을 거칠게 벽에 밀쳐서
기습적으로 키스를 하고

지금
뭐 하는...

꼼짝 마

사랑이 힘들어서
사이드미러를 발로 차고, 유리를 부수기도 합니다
주먹에 묻은 피는 내버려두죠
여주인공이 안쓰러워하며 약을 발라줄 테니까요

현실이라면 결코 겪고 싶지 않은 폭력을
박력으로 포장한
신분상승 드라마를 보며 자랐습니다

위험한 상황이 닥치면
어떻게 자신을 지켜야 하는지 알지 못했고

폭력은 흔한 일이고
그런 일은 내 잘못으로 일어날 수 있는 일이니
몸가짐을 조심해야 한다는 것만 배웠습니다

그 말은 태어나보니 지뢰밭이고
어디에 지뢰가 숨어 있을지 모르니
알아서 피하란 말과 같았습니다

첫 직장에서도 마찬가지였습니다

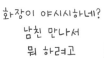
화장이 야시시하네?
남친 만나서
뭐 하려고

예에?

술은 여자가
따라줘야
제맛이지ㅋㅋ

재계약이 되지 않을까봐
가기 싫은 회식을 갔습니다

남자친구에게 이런 이야기를 했다가
'그런 인간은 어디에나 있어'
'네가 빌미를 준 거 아냐?'라는 말이
부메랑이 되어 돌아오기도 했습니다

내가 뭘?

말도
안돼!

유난 떤다고 생각할 수 있겠지요
회식을 마치고 늦은 밤에
택시 타는 걸 무서워하는 걸

빵! 빠ー앙

여자들이 집에서
살림이나 하지
김여사들
콱 박아버려!

남녀 공용 화장실을 가기 두렵고
천장에 이상한 틈이 있으면
몰래카메라가 아닐까 살펴보는 걸

골목길을 혼자 걸어갈 때
누가 따라오는 것만 같아서
집까지 한달음에 달려가는 걸

오버한다고 생각할 수도 있겠지요

그러나 나는
언제 어디서
지뢰를 밟을지 모릅니다

다리를 잃은 인어공주가 되고 싶지 않아요

폭력을 우쭐한 것으로
강한 남자의 자랑거리로 포장하지 마세요
폭력은 흔한 거라고 말하지 마세요

내 여자
건드리지 마

처자식을 남자가 평생 먹여 살려야 할
무능력한 소유물로 그리지 마세요

여성들이 주체적으로 사는 세상
일상의 폭력을 방관하지 않는 세상
안전한 세상에서 살고 싶습니다

인어는 왜 다 여자일까

방바닥에 엎드려 내 그림자에 입을 맞추네
그림자의 귓바퀴를 물어뜯네

내 그림자의 눈이 반짝 켜지네

내 상반신엔 평생 한 번도 씻지 않은
낙타 같은 사람
내 하반신엔 깊은 바다 속으로 내 몸을 끌고 헤매는
검은 상어 같은 사람
숨어 있네

나는 그런 시큼한 채찍을 든
오래된 사람들에게 반씩 먹힌 여자

그리하여 고단한 내 얼굴엔
내 후생의 몸뚱어리, 모래 언덕의 요염한 곡선
멀거니 바라보는
퉁방울 같은 낙타 눈동자 열려 있고
내 발목엔 낳지 않은 아가들의
수백 개 손톱 같은 비늘들이 따갑게 박혀 있네
평생 떨어지지 않네

한 사람이 저 멀리 사막으로 가자고 내 팔을 흔드네

한 사람이 저 멀리 바다로 가자고 내 다리를 묶네

따끈한 혀가 내 손가락보다 먼저 얼어붙네
춥다 춥다고 말을 더듬네
생리통이 모질게 하반신을 휩쓰네
아프다 아프다고
반쯤은 사막에
반쯤은 심해에
붙들린 몸을 뒤트네

내가 내 그림자의 귓바퀴를 물어뜯네
하루 종일 나는 나를 헤엄치네
인어는 왜 다 여자일까?
인어는 자가 생식하는 걸까?

『당신의 첫』(문학과지성사 2008)

고향에 있는 앨범 속에
남자라면 한장쯤 가지고 있는
최초의 누드 사진

남동생의 장래희망은
소방관이었습니다

남자아이들에게는 흔한 꿈이었고
대통령이나 경찰, 과학자도 많았지요

태권브이나 드래곤볼처럼
자신보다 강한 상대와 맞서 싸우거나
악당을 물리치는 만화를 좋아했고

남자는 세번만 울어야 한다는 말을
듣고 자랐습니다

계집애처럼
또 우냐?

태어날 때
부모님이 돌아가셨을 때
나라를 잃었을 때

FBI WARNING

성교육은 중1 때 친구네 집에서
호환 마마보다 무섭다는
빨간 비디오로 먼저 배웠습니다

군대에서는 위계질서를 배웠고
재난 시에는 여성과 노약자, 아이를
먼저 구해야 한다고 훈련받았습니다

와아아아아

군 복무 중의 꽃은
뭐니 뭐니 해도 '위문 공연'
젊고 팔팔한 2년여를
군대에서 보냈습니다

재력 있는 남성들에게는
스포츠카와 미녀가 따라다녔고
남성의 능력은 경제력이라는 공식은
언제나 적용되었습니다

내가
지켜줄게

경쟁에서 뒤처지지 않은 강한 남성만이
미인을 차지할 수 있고

내꺼니까
건들지 말랬지!

쟨 내가 먼저
좋아했어!

여자의 의사와는 상관없이
남자들끼리 여자를 두고 싸우는 장면도
영화에서 쉽게 볼 수 있었습니다

또 여자한테
칼부림이야...

황산 테러나 스토킹, 데이트 폭력 등
여성을 타깃으로 저지른 기사를 보면
안타까워하면서도

애교
보여줘!

나꿍꼬또
기싱꿍꼬또

여성 출연자가 나와서
애교나 춤으로 분위기를 띄우는
예능 프로그램을 보며 주말을 보냈습니다

밤길을 가다가
저를 보고 슬슬 피하는 여성을 보면
억울한 기분이 들 정도로
여성들의 일상적인 공포를 실감하지 못했습니다

내가 당할 일도
아닌데 뭐

택시 타거나 으슥한 골목길을 갈 때
살해당할지도 모른다는 두려움을
느낀 적인 별로 없었으니까요

어떻게 일상의 폭력을 지나치지 않도록
용기를 낼 수 있을까

어떻게 남녀 차별 없는
안전한 세상을 만들 수 있을까

어떻게 서로를 동등한 인격체로 대하며
행동하고 연대할 수 있을까

이러한 질문들이
우리 안에
단단히 뿌리내리길

어쩔 수 없다고 믿었던 편견들을
바꾸면 불편해서 외면하던 것들을
우리가 같이 의심하고 고민하길 바랍니다

담쟁이

도종환

저것은 벽
어쩔 수 없는 벽이라고 우리가 느낄 때
그때
담쟁이는 말없이 그 벽을 오른다
물 한방울 없고 씨앗 한톨 살아남을 수 없는
저것은 절망의 벽이라고 말할 때
담쟁이는 서두르지 않고 앞으로 나아간다
한뼘이라도 꼭 여럿이 함께 손을 잡고 올라간다
푸르게 절망을 다 덮을 때까지
바로 그 절망을 잡고 놓지 않는다
저것은 넘을 수 없는 벽이라고 고개를 떨구고 있을 때
담쟁이잎 하나는 담쟁이잎 수천개를 이끌고
결국 그 벽을 넘는다.

『당신은 누구십니까』(창비 1993)

1단의 연료가 소모되면
텅 빈 로켓을 버려야
위성을 우주로 보낼 수 있습니다

위성을 쏘아올리고 떨어지는 1단 로켓

그게 내 마음 같을 때가 있습니다

추진 동력이 거의 바닥났지만

내가 지금
초상집 가야 해서
제안서 마무리
부탁해도 될까?

아, 예...

그럼 믿고 가요!
회의록은
다 된 거지?

아, 거의...

마지막 남은 연료를 짜내
부스터를 가동합니다

사무실에 혼자 남아
야근을 하다보면

우주공간을 떠도는 행성처럼
막막할 때가 있습니다

내가 하는 일은
다른 누가 해도 상관없는 일이고

매출 보고서
도 없어요?

싱고씨!
여기
복사 한부!

어차피 부품 수명이 다 되면
새것으로
교체하는 것뿐이니까

재계약이 안돼도
너무 실망할 것까진 없다고

철컹 철컹

속마음을 속이면서
진짜 내 감정으로부터
멀어지는 법을 배웁니다

사람들이 가끔
인공위성을 보고
별이라고 착각하는 것처럼

아...

때로는 그 빛이
진짜 별보다 더 빛날 때도 있는 거라고

그러니
힘을 내서

꿀꿀할 땐
라벤더지...

오늘의 동력을 충전해야지
다시 시동을 걸어봐야지

비싸지는 않지만 귀여운 것들로
방 안을 채우고

화분
세개 만원

친구에게 소소한 선물을 건네며

길 가다
주웠어

꺅!
어금니 배지다!

엔진

이근화

살아남기 위해
우리는 피를 흘리고
귀여워지려고 해
최대한 귀엽고
무능력해지려고 해

인도와 차도를 구분하지 않고
달려보려고 해
연통처럼 굴뚝처럼
늘어나는 감정을 위해

살아남기 위해
최대한 울어보려고 해
우리는 젖은 얼굴을
찰싹 때리며
강해지려고 해

『우리들의 진화』(문학과지성사 2009)

세상은 참 이상해
뭐든 구분 짓길 좋아하지

빈곤층   중산층   고소득층

묘상무상

이 한 몸 누일 박스와
넉넉한 먹이만 있다면야
평생을 멍 때리며 살아도 좋으련만

욕망은 끝이 없고
닝겐들만큼이나 냥이들도 빈부격차가 심해

개천에서
범이 날 수 없는
구조야

자네, 평창동 루이 14세 기억하는가?
페르시안 가문의 풍운아

하루 종일 빈둥거리며
집사에게 성의 없는 꾹꾹이를 몇번 했을 뿐인데
평생을 호화롭게 살다 갔지

그런가 하면 저 길냥이를 보게나
추운 길바닥에서 발라당과 부비부비 필살기를 부려도
하루 종일 얻어먹은 것이라곤 소시지 하나뿐

요샌 버림받은 품종 냥이도 많아
전셋값이 폭등해서
스티로폼 집이라도 분양받으려고 난리지

내 첫째 조카 냥이만 해도
최저시급 받으면서 알바하고 학점 따고
한달 사룟값 벌기도 빠듯한데

학자금에, 전세자금에, 대출의 연속이니
이번 생은 은행 빚 갚다가
폭망하겠다는 냥이들의 원성이 자자해

묘생사도 인간사와 다를 바가 없네
언제쯤 노오력한 만큼
공정한 대우를 받는 세상이 올는지

사이다
없냥?

사는 게
빡빡해

다음 세대에게는
지금보다는 나은 세상을
물려줘야 할 텐데 말일세

이응옹!
광화문 같이 갈래?

콜!

나라가 바로 서야
냥이도 행복하다

냥이가 행복해야
집사도 행복하다

촛불과 방패

이선영

뿌리는 다르지만 서로 줄기가 얼크러진 느티나무를 보고도
저건 화합이 아니라 대결이라고 말하는 너의 세계관
만개한 각양각색의 봄꽃을 보고도
저건 조화가 아니라 누가 더 아름다운가 다투는 거라고 말하는
너의 세계관
앞서거니 뒤서거니 하늘을 나는 새를 보고도
저건 동행이 아니라 경주라고 말하는 너의 세계관
나무에 홀로 앉은 새를 보고도
저건 휴식이 아니라 도사리는 거라고 말하는 너의 세계관
사람들의 웃는 얼굴과 함성, 즐거운 노랫가락을 듣고도
저건 가면이고 배후라고, 선동가라고 말하는 너의 세계관
그러한 너의 세계관 앞에서
고요히 타오르는 촛불이다가
뜨겁게 타오르는 촛불이다가
열망과 염원으로 타오르는 촛불이다가 어느덧
너의 방패를 태워버리고 싶은 나의 세계관
너의 방패를 녹여버리는 촛불이고 싶은 나의 세계관
그리하여 너의 세계관과 닮아 있는 나의 세계관
그러나 끝내 너의 세계관을 넘어서고 싶은 나의 세계관

『포도알이 남기는 미래』(창비 2009)

제멋대로 와서는 떨어지지도 않고
시를 쓰지 않으면
못 배기게 만드는 귀신이 있는데
이 귀신을 시마(詩魔)라 부른다

고려시대
핫한 문인 이규보
(1168-1241)

시마가 떠나면 제아무리 노력해도
좋은 시를 지을 수 없고

시마가 들어오면 기가 막힌 시를
짓게 될 터이니 내 말을 명심하거라

뭐, 올지 안 올지는
시마 맘이고
유념만 해두게

마감일이 다가오면
이규보옹처럼 시마에
씌면 좋겠다고 생각합니다

왜 안 오지?

바쁜 듯

결국 마감일을 넘기고
감정은 롤러코스터를 타지요

싱고의 경우 대략 5단계의
심리 변화를 거칩니다 (순서는 랜덤)

1단계: 흥분

그분이 오실 것 같은 예감에
도파민이 눈누난나 나오는 시기

2단계: 까칠

안 서지는 이유를 외부 요인에서
찾으며 히스테리 마그마 분출

끗!

3단계: 자뻑

자의식 과잉 상태의 중2병 감염
명작을 쓴 것 같은 희열감 충만

4단계: 후회

자기검열로 자신감 급저하
발송 취소 버튼을 누르고픈 심리

5단계: 해방감

혹사당한 가여운 뇌를 위해
당분과 알코올을 만끽하는 상태

이런 심리 변화를 겪으며
원고를 보내고 나면 뭔가 아쉽습니다

표현하고자 하는 것이
8등분을 한 원이라면

빗금 친 부분에 딱 맞는
단어를 찾지 못했을 때도 있고

엎질러진 주스처럼
처음 생각과는 전혀 다른 방향으로
이야기가 흘러갈 때도 있습니다

오매!

어떤 때는 머릿속이
꽉 막혀버려서 끙끙 쥐어짜다가

뚫어뻥을
써보라라냥

원고 독촉 전화가 오면
무음 버튼을 살포시 누르기도 합니다

아유... 뒷목아
미안합니다

시가
뭐게요?

방심하고 있다가
반짝이는 생각이 퍼뜩 떠오르면
재빨리 적어둘 때도 있지만

휴대폰 메모장!

실은 마감 때문에 애쓰다가
어쩔 수 없이
내놓는 경우도 허다합니다

시끄럽다냥!
냐악

시마도 누울 자리를 보고
발을 뻗는 건지

시마...
은근 낯가려

뿍

뿍

그분은 오지 않으시고
흰머리만 늘었습니다

빨리 자라네
콩나물도 아니고

시벽(詩癖)

나이 이미 칠십을 지나 보냈고
지위 또한 삼공에 올라보았네.
시 짓는 일 이제는 놓을 만한데
어찌해 그만두지 못하는 건지.
아침부터 귀뚜라미처럼 읊조려대고
저녁에도 올빼미인 양 노래 부른다.
어찌해볼 수 없는 시마란 놈이
아침저녁 남몰래 따라와서는,
한번 붙어 잠시도 안 놓아줘서
나를 이 지경에 이르게 했네.
날이면 날마다 심간 도려내
몇편의 시를 쥐어짠다네.
내 몸의 기름기와 진액일랑은
살에는 조금도 안 남았다네.
뼈만 남아 괴롭게 읊조리나니
이 모습 정말로 웃을 만하다.
그렇다고 놀랄 만한 시를 지어서
천년 뒤에 남길 만한 것도 없다네.
손바닥을 비비며 크게 웃다가
웃음을 그치고는 다시 읊는다.
살고 죽음 반드시 이 때문이리
이 병은 의원도 못 고치리라.

정민 『한시 미학 산책』(휴머니스트 1996)

일인용 술집이
있었으면 좋겠다

미디엄 or 웰던?

붕어빵 열마리
달라냥

비가 눈이 되어
내리는 날

퇴근길 사람들의
발걸음은 분주해도

구두코에 쌓인 눈을 털고
문을 열면 풍경이 딸랑

온다!

우릴 먹지 마!

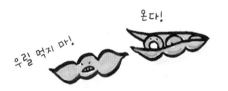

주문한 음식이 나올 때까지
풋콩을 까먹으며 기다리는 가게

어잇 춥

유리문 밖으로 사람들이
빨개진 코로
어깨를 잔뜩 움츠리며 지나가고

크! 좋다!

은행알구이
버섯구이
메로구이
계란말이
고갈비

은행알 구운 것이나
메로구이를 아껴 먹으면서
천천히 취할 수 있는 가게

쌀가루 같은 눈이 오는 밤이면
그런 가게에 가고 싶습니다

겨울밤

박용래

잠 이루지 못하는 밤 고향집 마늘밭에 눈은 쌓이리.
잠 이루지 못하는 밤 고향집 추녀밑 달빛은 쌓이리.
발목을 벗고 물을 건너는 먼 마을.
고향집 마당귀 바람은 잠을 자리.

『먼 바다』(창비 1984)

비도 추적추적 내리고
입도 심심한데

호박부침개나
해 먹을까

준비됐쥬?

집밥
백설탕
선생

준비물

양파 1개   건새우

애호박   전분

양파와 호박은 채 썰어
소금 간을 하고

전분과 건새우 간 것을
조물조물 버무린 뒤 굽기만 하면 끝!

맛은 어떨까

음...

이 무슨...
찐득한 골판지 맛이 난다!!

뭐 먹을 만해
(토할 것 같다)

표정이 좋지 않다

겉은 타고
속은 덜 익었다냥

야채를 채 썰고
수분이 나올 때까지
기다렸어야 하는데

폭망

다음 생에
보세나...

성급하게
구워버린 탓이다

힉!
온다

워워
왜 이래

위로도 성급하면
체하게 된다

호박이가
갔어...

우리도 당근
썰릴걸

마음에 수분이 다 빠져나갈 때까지
그냥 옆에 있어주는 게
그 어떤 말보다 따뜻할 때가 있다

조용한 일

김사인

이도 저도 마땅치 않은 저녁
철이른 낙엽 하나 슬며시 곁에 내린다

그냥 있어볼 길밖에 없는 내 곁에
저도 말없이 그냥 있는다

고맙다
실은 이런 것이 고마운 일이다

『가만히 좋아하는』(창비 2006)

숙제를 해야 하는데, 빨간색 물감이 없었습니다. 개학이
얼마 남지 않아서 초조했습니다. 고민하다가 장독대로 갔습니
다. 장독 옆에는 봉숭아꽃이 웃자랐습니다. '봉숭아꽃이 손톱
도 물들이는데 종이도 물들이겠지?' 꽃잎을 뚝뚝 따서 돌로 빻
았더니 꽃물이 흘렀습니다. 물을 더하지 않아도 그 자체로 고
운 색이었습니다. 꽃은 꽃대로, 잎은 잎대로 비슷하지만 다른
제 색을 냈습니다. 봉숭아꽃을 돌로 빻을 때 코끝에 풀내가 감
겼습니다. 여름 냄새였습니다. 꼭 물감이 아니어도 다른 재료
로 색을 표현할 수 있다는 사실이 새삼 신선했습니다. 저는 붓
으로 봉숭아 꽃물을 찍어 방학숙제를 마쳤습니다.

이제 와 그때를 떠올려보는 것은 시를 그림으로 그려보고
자 했던 마음도 이와 다르지 않기 때문입니다. '물감 대신 봉숭
아 꽃물로 색을 칠했던 것처럼 종이책이라는 틀을 벗어나 다른
방식으로 시를 읽어보면 어떨까?' 하는 작은 궁리에서 이 책을
묶게 되었습니다.

한편의 시가 말을 걸면, 자연스럽게 다른 이야기가 물꼬를 트고 흘러나오길 기다렸습니다. 시와 그림 어느 한쪽이 기울거나 승하지 않고 어우러지길 바랐습니다. 제 나름의 방식으로 이야기를 끌고 나가되, 시의 맛을 천천히 느껴주셨으면 하는 바람에서 원작자의 시 원문을 그대로 실었습니다.

행여 시의 해석을 단순화하지 않았나, 다소 코믹한 내용이 시를 상하게 하지 않을까 하는 우려 속에서도 연재를 마칠 수 있었던 것은 많은 분들의 지지 덕분입니다. 수록을 허락해주신 시인들을 비롯해 독자들께 분에 넘치는 격려를 받았습니다.

특히 서툴고 모난 부분을 살뜰하게 다듬어준 김선영 편집자에게 고마움을 전합니다. 그녀의 제안으로 흩어졌던 이야기들을 한데 모을 수 있었습니다. 어울리는 옷을 입혀준 디자이너 윤정우 님과 평생 간직하고픈 사진을 찍어주신 신나라 님께 감사합니다. 아울러 제 이야기의 첫 독자가 되어주는 동욱과

이웅웅에게도 깊은 신뢰와 우정의 키스를 전합니다. 공책이란 공책에 죄다 공주 그림을 그려놔서 속상해했던 언니들에게도 고맙다는 인사를 빼놓을 수 없겠군요.

작업하는 내내 어릴 적의 나를 마주친 것 같은 기분이 들었습니다. 그림은 저의 가장 친한 친구였습니다. 담벼락, 학교 운동장, 그 어느 곳이나 스케치북이 되었습니다. 상상 속의 등장인물들이 말을 걸면 매일 생겨나는 이야기와 놀았습니다. 밥 때도 잊고 어둑해져서 집으로 돌아가기 일쑤였지요. 이 책을 읽으면서 독자 여러분도 그 아이를 만났으면 좋겠습니다.

시와 친해지고 싶은데, 어떤 시부터 읽어야 할지 막막하다면 가벼운 마음으로 이 책을 펼쳐주세요. 되도록 천천히, 시간 날 때마다 한편씩 읽어주세요. 잊은 듯이 지내다가 이 책에서 봤던 시와 그림이 떠오른다면, 그것대로 보람이겠습니다.

2017년 봄 토지에서
신미나

수
록
시
목
록

강성은 「환상의 빛」, 『단지 조금 이상한』, 문학과지성사 2013.

권혁웅 「천변체조교실」, 『애인은 토막 난 순대처럼 운다』, 창비 2013.

기형도 「엄마 걱정」, 『입 속의 검은 잎』, 문학과지성사 1989.

김경미 「비망록」, 『쉿, 나의 세컨드는』, 문학동네 2006.

김기택 「봄날」, 『사무원』, 창비 1999.

김민정 「우수의 소야곡」, 『아름답고 쓸모없기를』, 문학동네 2016.

김사인 「조용한 일」, 『가만히 좋아하는』, 창비 2006.

김현   「두려움 없는 사랑」, 『문학3』, 창비 2017년 1호.

김혜순 「인어는 왜 다 여자일까」, 『당신의 첫』, 문학과지성사 2008.

나희덕 「돼지머리들처럼」, 『야생사과』, 창비 2009.

도종환 「담쟁이」, 『당신은 누구십니까』, 창비 1993.

문태준 「강촌에서」, 『우리들의 마지막 얼굴』, 창비 2015.

박소란 「설탕」, 『심장에 가까운 말』, 창비 2015.

박용래 「겨울밤」, 『먼 바다』, 창비 1984.

박준   「가족의 휴일」, 『당신의 이름을 지어다가 며칠은 먹었다』, 문학동네 2012.

박형준 「저곳」, 『물속까지 잎사귀가 피어 있다』, 창비 2002.

성동혁 「나 너희 옆집 살아」, 『6』, 민음사 2014.

손택수 「차심」,『떠도는 먼지들이 빛난다』, 창비 2014.

송승언 「커브」,『철과 오크』, 문학과지성사 2015.

심보선 「첫 줄」,『눈 앞에 없는 사람』, 문학과지성사 2011.

안현미 「투명 고양이」,『사랑은 어느날 수리된다』, 창비 2014.

안희연 「몽유산책」,『너의 슬픔이 끼어들 때』, 창비 2015.

오은 「돌멩이」,『의자를 신고 달리는』, 창비교육 2015.

이규보 「시벽(詩癖)」,『한시 미학 산책』, 정민, 휴머니스트 1996.

이근화 「엔진」,『우리들의 진화』, 문학과지성사 2009.

이병기 「별」,『가람 시조집』, 권채린 엮음, 지만지 2012.

이선영 「촛불과 방패」,『포도알이 남기는 미래』, 창비 2009.

이시영 「슬픔」,『호야네 말』, 창비 2015.

이현승 「구름의 산책」,『생활이라는 생각』, 창비 2015.

이홍섭 「주인」,『터미널』, 문학동네 2011.

임영조 「개펄 같은 덤 같은」,『시인의 모자』, 창비 2003.

장석주 「한밤중 부엌」,『일요일과 나쁜 날씨』, 민음사 2015.

정호승 「꽃이 진다고 그대를 잊은 적 없다」,『나는 희망을 거절한다』, 창비 2017.

파블로 네루다 「44」,『질문의 책』, 정현종 옮김, 문학동네 2013.

詩 누이

초판 1쇄 발행 • 2017년 6월 12일
초판 6쇄 발행 • 2017년 10월 20일

지은이 / 싱고
펴낸이 / 강일우
책임편집 / 김선영
펴낸곳 / (주)창비
등록 / 1986년 8월 5일 제85호
주소 / 10881 경기도 파주시 회동길 184
전화 / 031-955-3333
팩시밀리 / 영업 031-955-3399 · 편집 031-955-3400
홈페이지 / www.changbi.com
전자우편 / lit@changbi.com

ISBN 978-89-364-7361-7 03810

＊ 이 책은 한국문화예술위원회의 지원을 받아 토지문화관에서 창작한 작품입니다.